あなたが誰かのものになっていく。
触れることもせず、
祈るように見つめるわたし。
彼らの暮らす水槽は
あまりに澄んでいたから。

わたしたちの猫

文月悠光

目次

空の合図

ささげるほどの身もなくて、
頭上の空だってあげたい。
なんでもきみに渡してやりたい。
たとえば、あてつけのような快晴をきみへ。
雨風をしのげるふたりじゃないものね。
雲を吹き消すため、
こっそりと頬ふくらませている。

きみの手首を握って確認すべきことが

脈拍のほかにあるのだろうか。
生存確認は、陽の沈んだ後が肝心。
夜には眠りをあつらえて
きみの隣へすべり入る。
手探り、手を焼く、手当てする――。
きみを求めて、この手はせっせと動き出す。
いとしいきみには　少しだけ
わたしより子どもでいてほしいのです。

すべてをそのからだに包んでいながら、
「隠すつもりはない」だなんて、嘘が下手だね。
繋いでいた手を投げやって
わたしは厚い雲を呼びよせた、

ほんとうのことが見えてしまわぬように。
わたしがきみを守りきるために。
するときみは青い手袋を握らせる。
左手から片方をはずして
わたしにそっとあずけてきた。
彼のはだかの手のひらは、
白い吐息を受けて
徐々に赤らんでいった。

苦しそうに耳をさらして、
きみはでも強くなろうとしている。
そんなすばらしい鉱石の目をして
空の合図を見届けている。

雨が降ったら迎えにいくよ。
傘はきみに持ってもらおう。

わたしたちの猫

あのひとの膝のうえで
まるくなるのは、どんな感じ？
目をこすって顔を洗えば、
強がりなわたしも
愛らしく見えるはず。
今だけだから、安心してて。
もう少しあたたまったら、
わたし、ちゃんと立ち去ります。

人の心には一匹の猫がいて、
そのもらい手を絶えず探している。
自分で自分を飼いならすのは
ひどく難しいから、
だれもが尻尾を丸め、
人のふりして暮らしている。
首輪のいらない幸せが
いつか巡ってくるんだろうか。
だれの呼び声に応えるべきか、迷いながら
わたしたちは二つの耳をとがらせている。

本物の猫をこわごわと抱いたとき、
その身体のあたたかさに

わたしは許された心地がした。
やわらかな白い毛の間から
背骨の硬さが手に触れる。
撫でつければ、ふわりと浮くしっぽ。
覗き込むと、猫の大きな目のなかに
光が尾を引いて泳いでいた。
「わたしに飽きないでね」
そう告げているような眼差し。

約束を求めるのは
人間ばかりではないようだ。
きみを抱いていると
あたたかいから

ねえ、もう少しここにいてよ。

選ばせたもの

一人で生きていけるもの同士が
一緒になるから恋は奇妙だ。
雪の降らない街で、わたしたち
ネオンの眩しさに甘やかされた。
ふたりの間で成立している
見えない約束を思うとき、
あたたかな波が
胸にひたと打ち寄せてくる。

わたしの身体に約束をください。
手を握らなければ、
握った後のことはわからないし、
口づけして、初めて響く熱もあるから。

わたしにきみを選ばせたのは
きみ自身なんだよ。
声を聞かせてくれた、
その舌で
わたしの名をなぞらえてくれた。
それだけでこの胸を突き動かす。
さあ響かせて。

耳の鼓膜に、まぶたの裏に、心臓に――。
きみのかすれた声で、
わたしのなかの
見えない場所を震わせていたい。

みんな甘えたがり

藍色の街を駆ける。
アスファルトに躍らせた裸足が熱い。
朝が来てしまう前に
わたしはきみに出会わなくてはいけない。
(吐息を結んで橋渡し)
月がつらいほどに明るくて
わたしの前歯をとがらせていく。

つみほろぼし、罪をほろぼす星のこと。

どこがおとなになった？　って
からだじゅうをノックしていくから
ねえ、さなぎの頃をおしえて。

少女はいつも走っていた。
曲がり角の先で誰かと頭をぶつけ合うことを
しずかに宿命づけられていた。
花泥棒、そんなに急いでうばわないで。
抱きしめた枝葉の陰に二つ耳が揺れて
夜はみんな甘えたがり。

知っていますか、
ふたりが同じ夢を見ていた夜のこと。

キッチンの窓に吸いつくかたつむり、
校門で手渡されたざら紙の聖書、
肌の上で溶かして見えなくなった雪――。
それら夢の光景に飲まれぬように
まつげをはさんで上向きにする。
明け方を知らないきみのベッドに腰かけ、
「ずっと朝だったんだよ」と
その人の肩を揺らしている。

夜明けのうつわ

ぼくたちは与えられた雪。
箸に降りかかる雪。
知らずにここへ運ばれていた。
「一緒になる」ってどんなことだろう。
テーブルに白いうつわを重ねながら
帰り着くべき場所を探していた。

うたい終えたはずなのに
唇の輪郭が夜気に宿る。

きっと誰かもこうして今を――。
この闇を「ヨル」と名づけた
瞳の奥の静けさを裂く。

左胸をベッドに押しつけると、かすかに揺れはじめて
ああ夜が鼓動している。揺れながら願う。その背中に
ひたいを押しあてて、もう一度、染まっていくように
泣きたかった。

きみが壁ではないことを
きみを殺して証明したい。
懐いた背中をこじ開けて
つきとめる。

心は生きたまま、
うつわの中を一周し、
夜のむこうがわへ渡るだろう。

うたの続きを覚えなさい。
続きがないなら作りなさい。
ぼくたちは呼ばれる森。
季節に待ち伏せされるよろこびを
いっそう泡立てて、
うつわに円を描きだす。

愛は比べようもなく

かけるべき言葉もなく
腕組みし合う日曜日。
幸福のかたちを思いあぐねて
わたしたち、ねじれてしまった。
ふくよかな花を立たせているのは
根のしぶとさと、地のしたたかさ。
春の風に倒されては
しなやかに身を起こす。

星と星を結ぶ線の手つきで
人は愛の地図を描き出す。
宇宙のスクリーンに投じられた、
迷い子のわたしたち。
どの星も一様に眩しくて
わたしには比べようもない。

かける言葉が無いならば
遠く呼んでください。
あなたの声が耳奥を撫でて
わたしの身体に
わたしの名を刻み込む。
あなたの声帯は

わたしの名にやわく震えて、
あなたの立つ場所を知らせるだろう。

夜空は無数のかがやきを
濡れた瞳に明けわたす。
光は線を振りほどき、
波紋のようにひろがった。
見えない星は闇を塗りつぶして
いつしか、その色を深くする。

四月一日の告白

ほんとうのことを言うのは
いつだって　怖いね。
でも嘘をつく人はきらいだと
きみが言うから、
嘘のようなほんとうの話をしよう。

四月一日
きょうの告白はきっと
きみに信じてもらえない。

だからこそ、
わたしはきみに真実を告げる。
きょうしか話せない、
ほんとうのことがある。
嘘だと思って　笑ってほしい。
嘘だと思って　忘れてほしい。

嘘か真か、
当てっこしてもさみしいでしょう。
確かであるのは、
その約束に守られている
きみとわたしがいることだ。
ふたりはほんもの。

嘘とほんとうが入り混じる、
砂利道の砂粒きらりとうつくしい。
(どうか聞き届けて)
くちびるが立ち止まる交差点まで
もう少し　ふたり並んで歩くのだ。

ばらの花

弱さは見世物ではないから、
花びらを重ねて花の奥に潜めていた。
「強い人だね」と讃えられる度、
わたしはうれしげにそのばらを飾った。
何かの証、勲章のように。

とげを光らせているのは、
今の居場所をうばわれぬため。
そうして誰をも寄せつけず、

帰れないほど遠くなった。
ひしめく花びらのなかに
わたしは何を忘れてきたのか。
強くなることは、さみしいことだ。

(心を落としてしまったのです。「なぜ」と問われたら、理由でしかものが言えなくなるでしょう。黙って凍らせていた日々に、指を置いて呼吸をうながす。ぬるい唇をおしあて、かすかにわらう。この花の奥、なんてありふれた悲しみ、ありふれたむなしさ。それでもわたしに咲く花はただひとつ。平凡ではいられないから)

あなたを守る
たったひとりの「わたし」を見抜いて。

わたしにとって
「わたし」はひとりきりだから。
あなたはあなたを
裁くことができますか。
自らのとげを
愛することができますか。
とげを愛してもらえなければ
花は花を生きられない。

刺して知らせる誰かの指が欲しかった。
かまわず摘み取って、終わらせてほしい。
けれどこの花の奥に育てた
わたしの弱さは終わらせないで。

何を祝うための花でもなく
咲きほこってしまったばらの強さを
わたしは自らの手の中に
生けてみせよう。

女の子という名のわたし

朝目覚めたら
金平糖を一粒。
飲み込めない棘を
舌の上で溶かしていく。
女の子はお砂糖とスパイスと
素敵な何かでできている。
ささやかな熱と痛みが
魂のありかを告げている。

愛するより、愛された方がかしこいと
幼い頃あそんだ人形が教えてくれた。
わたしは人形じゃないし、
ひな壇のお飾りではないけれど。
「まだ女の子でいていいんだよ」
「いつまで女の子でいるつもり?」
と見下ろされる瞬間、
しつらえられた「女の子」の座を降りるだろう。
女の子である前に、
わたしはわたしだったのだ。
「女の子」という名のもとに
わたしを操らないで。

金平糖よ、
この舌はあなたの棘を包みます。
すみやかに色づいて
熱も痛みも味わい尽くす。
知るのです。
ひな壇の上に存在しない幸せが
この世にたくさんあることを、
「女の子」と呼ばれる前に
愛すべき自分の名を得ていたことを。
わたしは地べたに降りて
今、はじめて知ったのです。

たてがみのように

透明なエナメルを
爪にひとはけ落とせば、光が満ちた。
その輝きに息を吹きかけ、
十の願いを手に集わせる。
わたしはオーロラのような
虹色の膜をゆびさきに持つ。

まつげを長く伸ばすのは
眠りに深く沈むため。

まつげを上に向けるのは
見上げていたい人がいるから。
呼吸している証として
頬にかすかな紅をさす。
うつくしさにはいつも
確かな理由がひそんでいる。

雑誌をめくる度、画面をスクロールする度、
わたしたちのうつくしさは転換していく。
けれど同時に、
揺るぎないもの、古びない価値こそを
人は切に求めてきたのだ。
愛らしさを演じることに疲れた夜は

ひとり蛇口をひねって、湯をためる。
息づかいひとつ取っても
うつくしさはある。

化粧水を頬にあて、
シャンとした朝の空気に耳を澄ます。
誰が見るわけでもないが、
そんな自分を褒めたくなって
鏡の前にくり返し立つ。
髪をとかしながら
ひそかに願う。
若い馬のたてがみのように
わたしは気高くありたいと。

レモンの涙

丸善の書棚に置き去りにされた
レモンのゆくえが気になっていた。
ここにひとかけらのレモンがあれば
舌の上から、わたし生まれ変わるだろう。
あの人に口づけされたときのように、
もういない誰かを思い出すように。

わたしの行き先は、レモンの行き先。
おとといは冷たい紅茶に沈んでいたし、

昨晩はさんまの腹に寝転んでいた。
指先でかたく抱きしめると、
こらえきれずにそれは泣き出す。
わたしは涙で人生を味つけする。
涙の海に漕ぎ出していく。

(添え物のような顔をしながら、
こっそり味を変えてしまう――。
そんなひと切れのレモンはいかが、と
わたしはあの人の手を引いてみる)

その実を結んだときから、
レモンは予感していた。

痛いほどに抱かれて落ちる
しずくのひとつひとつが、
誰かを変える海であること。
今朝、白い皿の上で
散らばる骨によりそって
彼は光を浴びている。
黄色い背をまるくして
抱きしめられた姿のままで。

砂漠

触れるので
そこにやわくからまるので
ひじから先はいつも熱い。
つま先までの関節ひとつひとつに
きみを眠らせておく。
（体温だけで話はできる）
言葉を呑んで膨らんで
手のひら、ずっと
腫らしていた。

腐ることをおそれたから
いきものになりはてたのかな。
(夜に冷蔵庫を覗いたことある?)
(あたたかいんだ)
(砂漠みたいでね)
立ちすくんでいると、
どんな音にも黙っていたい。
澄ました顔で感じていたい。

真夜中の冷蔵庫はまぶしかった。
ひじから先をさし入れても、
そこが砂漠かどうか

わたしにはわからなかった。
卵ケースに立てかけられていたのは、
ふたが銀色に光るちいさな口紅。
つめたい紅は
唇をしっとりと一巡りし、
きみへ放つ言葉を赤く濡らした。
(あたためて)
足りないことはうれしいことだ、
くちさきで繋がってみると。

主人公

あなたがわたしを見つけてくれたとき、
決めたのです。
あなたに読まれるときだけ、
わたしは生きていこうと。
ページを手繰る手のひらの熱が
一杯の赤ワインのように
この身体に染み渡っていく。
ひそやかに読み上げてください、
わたしの示す文字の一つ一つを。

ひとたびわたしを開いたなら
どんな出来事だって遠くなる。
さようなら、現実。
電車に揺られているとき、
シャワーを浴びているとき、
ベッドの中で目を閉じるとき、
あなたに絶えず語りかけます。
それがわたしという
一冊に与えられた使命だから。

わたしを読むあなた自身の胸の内、
読み解くことはできないけれど

鮮やかな結末にきっと驚くことでしょう。
満ち足りたため息で
わたしをさらに温めてくれるでしょう。
ここからはもう
文字で辿ることのできない物語。
ごらん、主人公はあなた。

夏の観測席

窓ぎわ　右の列の三番目　ひじかけつき
観測席はそこにある。
発車時刻を待つバスの中、
わたしは坂道の向こうを見すえ、待ち尽くす。
赤い指先で、スカートのすそを引っ張っている。
やがて銀色の自転車を引いて
きみが坂を下りてきた。
きみの隣であの子、
ひなげしみたいによくわらう。

ふたりのまとう空気が
窓越しにしっとりとたなびいてくる。

校庭の白線は息がくるしいほどまっすぐで、たどっていたら四月
きみが駆けていった。砂まみれのその髪が跳ねるたび、わたしは
根なし草のごとく揺れうごいた。だだっ広い校庭の、荒野のよう
な一帯を、青い涙で覆い尽くしていきたい。

口に含めば、甘くあふれ出すきみの名前。
見つけてしまった。
幾度も口ずさみ、断ち切ることなく味わっていく。
それが合言葉のように、唱え終えると夏がきていた。

もてあますほどの甘さが
きみとわたしのあいだにあるということ、
覚えていてよ。

気がついたのは梅雨の頃。
放課後、まぎれもないこの席で
走っていないきみの姿を観測したのだ。
きみはぎこちなく、あの子に傘をさしかけて
一歩一歩、惜しむように歩いていた。
あの子はきみの頭に手をのばし、
砂を払って、凛とわらった。

車窓から見つめるほどに、

夏服のふたりの背中は白く冴えていった。
ひなげしのあの子を連れて
この夏、きみはどこへ発つ？
そこに観測席はあるのでしょうか。
バスはふわりと　ふたりを追い越して
わたしを　きみのいない夏休みへ連れていく。

まぶたの傷口

たとえば六月の青い冷凍庫となって
まぶたの裂け目を絆創膏で貼り合わせる。
ぴったりとわたし自身を眠らせておく。
その傷口からあふれるものは
あまりに熱く、透明でした。
泳がせれば、窓枠に当たる指先。
口づけをおくるように触れたい。
この指がたどるものすべてに
指紋はあたたかく記されていく。

きみという一樹を閉じ込めるため、
まぶたの裏に森を育む。
きみの枝が、わたしのむき出しの肌を突く。
赤く腫れあがったつま先は、根の陰に隠そう。
涙は痛みを鈍らせてしまうから
泣かないように唇を噛む。

ふたりの時を止める、その代わりに
わたしはまぶたの傷口を閉じた。
殺してなんかいません。
わたしはそれを眠らせていただけ。
きみの声を聞かせてほしい。

枝々に指を這わせ、じっと感じようとする。

真夜中、手探りでベランダに降り立てば
雨のにおいがひやりと頬を撫ぜた。
軒先から一歩出て、わたしは肩を濡らしてみる。
まぶたから絆創膏を少しずつ剝がし取っていく。
この傷口の見せる景色を
わたしは泳ぎ切れるだろうか。

六月の青い扉をこじ開けて、
凍らせていたもの
ひとつひとつをとかし出したい。
まぶたを叩く雨粒は、痛くて甘い。

泣いたって今ならばれない
ばれはしないのだ　と、
脈打つ胸にこぶしを置いて
息を白くなびかせている。

春にはいない虫

〝春にはいない虫〟を思うことは
あの人を包むことに似ている。
春までいてくれるなんて
はじめから思っていない恋だった。
ひとときを夢を見るために
冬、わたしは口をつぐんできた。

はじまることが苦手な人は
春にくじけていくものだ。

わたしが首をかしげた、その傍らに
耳がすくすく育っている。
見えない場所で澄ましている。
鼓膜の震えている地点を
風はたちまち探し当て、
わたしたちを
踊り場へ吹き寄せていく。

いつから終わりは
はじまっていたのだろう?

雪は青い芽をこぼして最後
土からゆっくり身を引いていった。

雪の陰から現れたつぼみを
わたしはやさしく踏んでいる。
やがて去っていくのなら、 と
ハイソックスのかかとで愛す。

〃春にはいない虫〃。
わたしの見えないところで
あの人は息をする。
誰かの耳を
震わせる。

片袖の魚

あなたが誰かのものになっていく。
その過程がわたしにはよく見えるだろう。
両袖ならば触れ合えたのに、
わたしは片袖にのみ火を放った。
片袖に生まれたこの赤い魚が
あなたへ燃え渡りますように。
誰かのものになる間もなく、
わたしたち、灰になるのだ。

その燃え立つ尾ひれに惹かれて、水の中へ分け入っていく。冷たい
壁に仕切られた透明な小部屋が、どこかで待っているはず。息もで
きないほど潮の満ちたその部屋に、わたしと魚、二匹で暮らそう。
二匹は互いを手なずけて、ひっそりと眠り続ける。

ほんとうは知っていた。
水槽なんて、愛とは無関係に
売りつけられてしまうこと。
振り出しを求めるわたしに
ぱりりと割れる水槽はいかが？
水槽はいかが？
場所を空けたら、寄り添いますか。

背後にたたずむそのひとは
見たら別人かもしれない。
それでもいい、と振り向いてごらん。
遠い雑踏のすみかを追いかけるのは、
「ここ」を無視するためじゃない。
「延長」を探すため。
その魚はもう、あなたへと泳ぎはじめている。
立ちつくすわたしの肩先をすり抜け、
まっすぐに、ゆく。
片袖の焼けたわたしの服が
しずかに揺れる。

あなたが誰かのものになっていく。

触れることもせず、
祈るように見つめるわたし。
彼らの暮らす水槽は
あまりに澄んでいたから。

耳のはばたき

その耳が蝶であることを
きみは知らない。
声を求めて舞い立つ、ひとひらの翅《はね》。
何かに心奪われたとき、
きみの耳ははばたきはじめる。
その耳穴に吸い込まれて
わたしは音そのものになるだろう。
音のわたしは、いつでもきみの肩のうえ。
鳥のさえずりだとか

因数分解の解き方だとか
絶えず耳打ちしなくてはいけない。

風を受けて、耳はらせん状になだらかな渦をまいた。その渦を駆け下りていけたら、きみのなかへ忍び入れたなら——。きみの耳の奥地には、一台のオルガンが据え置かれている。つやや かな蓋を弾むように上げ、その鍵盤に手を躍らせた。響きたい。きみのいる場所に、きみ自身に、鳴り響いていきたい。大きなからだに備わった、ひとかけらの鼓膜を揺り起こす。そうしてきみを振り返らせよう。

きみを知らないわたしには
もう戻れない。

どうしても
鳴り止むことができないの。
どの呼び声に舞うのだろうか、
わたしを感じて震える翅よ。

久々に見かけたきみは
新しいイヤホンに耳をあずけていた。
ピンに刺しつらぬかれて
蝶はかたくうつむいている。
かつてわたしが奏でた、
朝のチャイム、キッチンのうたごえ、
夜のささやき——。
それらを翅のあいだに閉じこめて

蝶は眠っているのだろうか。
起こしてしまわぬよう、
きれいな声であいさつがしたい。
きみはわらって
そのからだごと、わたしを忘れる。
澄ましても、耳。

教室という小箱

問一、
教室という小箱をほどいて
解答用紙に書きつけていく。
わたしを閉ざしていた箱の
六つの面——壁を、床を、天井を
つぎつぎに引き倒せば、
息はかすかに波立った。
教室の展開図、そのてっぺんに

青い傘をさして、たたずんでみる。
目の前には、赤い傘を掲げた横顔が
絶えず行き交っている。
ふっくらと開いた赤い花々に
わたしは青い骨を突き立てていった。

傘をぶつけ合い、踊り続ける赤い花々。
(求めれば、必ず誰かの陰を帯び、
ときには誰かを陰らせてしまう)
わたしは展開図を踏み鳴らし
教室の外へ駆け出した。
青い傘を手に、わたしは走る。
校庭を抜け、花壇をまたぎ、校門を脱し、

坂道をころげるように落ちていく。
教室からこぼれた、ひとすじの青い涙。
箱という箱を開いて、
開け放って
宇宙までゆく。

ほんとうの教室は、ここにあったのだ。
解答用紙に描いた
いびつな展開図にうそぶいてみる。
シャツの袖をたくし上げれば、
かさぶたの痕で、まだらに光る腕。
閉ざすものか、と
わたしの銀河に語りかける。

かさぶたの星雲に唇をつけ、
そっと呼吸をうながした。
わたしの延長に陰っていくものたちを
けして手放しはしない。

わたしは光

わたしは光ですが
きみのすべてを照らせなかった。
あかるいきみと、暗いきみ。
そのあわいが刻々と移り変わる様を
遠くから眺めていました。
わたしはきみを名づけたい。
一つの光景のように
この目にまぶしく映していたい。

自分の影など埋めてしまおうと、
わたしは一心に穴を掘り続けた。
湿った土を掻き出しては、
夜空をぼんやりと見上げていた。
こうして世界がくぼんだ後にも
誰かに見つけてもらうことを願っている。
きみは出会ったときから
なつかしい人だ。

誰かに光をあてることは
その人に影を与えてしまうこと。
その人の影を見てしまうこと。
わたしがおそれながら形づくった愛は

いつしか、きみ自身が反射している。
好き。
言葉を選べない寂しさが
わたしを光にしたのだろうか。

わたしは光ですが
あかるい人にはなりきれなかった。
きみに照らしてもらった証として
ときにはこの身も影となる。
一瞬も目を閉じてはならない。
まぶしさの中にも棘があり、
闇にもやさしい湖がある。
だから、わたしは

きみのすべてを見るのです。

ふたりの狭間

きみを大事にしたいから、
ちゃんと遠ざけておくよ。
「誰も傷つかない」という
見えにくい矛盾のために
届かない手を伸ばし合っている。
こんな予感を宿したままで、
きみに会うのは、何の罰だろう。
ひと駅ひと駅を越えて、
きみの待つたった一つの改札を

わたしはくぐる必要がある。

夏を忘れた夜風が
ひやりと、ふたりの狭間を吹き過ぎていく。
「まだ壊さないで」と風の背中に祈りつつ、
わたしたちは夜を歩きつづける。
工事現場が放つ、黄色い光の点滅。
天の川のように果てしなく見送ってしまう。
わたしたち、もう大人だから、
小さなことが意味を持ちすぎてしまう。

この街もだんだんと秋めいて、
何に袖を通すべきか、朝の雲を悩ませる。

夏と秋、ふたりの狭間。
季節をいくつまたいでも
風は時を結んでいくだろう。
ふたりは風に追いつけるだろうか。
限りある日々のために
夜を走り出せるだろうか。

戻れなくなることを知っているから、
駅の階段で、きみを試すことができない。
答えは別々の電車に、
互いの胸にゆだねておこう。
八月三一日、
熱い夜は終わったのに

朝になるまで眠れない気がする。

スローファイヤー

人は四つの季節に恋をする。
夏にひらいた花は
秋には終わるさだめにあるが、
人は四つの季節に恋をする。
冬野に眠るものたちを
尊びながら、その上に立ち、
人はたしかに恋をした。

それは緩慢な火焔。

古い本が劣化して、角が取れてくる現象を
「スローファイヤー」と呼ぶらしい。
スローファイヤー。
月日の炎に舐め尽くされた
二度とは読めない物語。
その本に触れたら、
わたしもきみも粉々になる。
壊してしまうくらいなら
このまま後ろ手に棚を閉ざそう。

さしのべたまま手を冷やしてしまうような、きみの古びたやさしさを、わたしはそっと戸棚におさめます。戸棚のガラス越しに、きみが燃え尽きる様を眺めます。恋に至る前の熱をしずかに冷却するのです。
名づけぬままに、　スローファイヤー。
「好き」とは告げないことが
きみを好きであることの証だから
冬、わたしは白い息だけ連れてゆくよ。
月日がふたりを灰にしていく。

そこに燃えている火に
きみは気づきましたか。
それは氷のように明るいですか。
教えて、と
言えるまでが恋だとしたら

ふたりはまぎれもなく、恋をしていた。
ガラス扉を打つようにわたしは告げる。
教えて
きみの
ほんとうの火を。

片手のゆくえ

「片手のゆくえが知りたいの」
彼女は電車の扉にしなだれて立つ。
髪を小さな耳にかけ直し、
目を細めながら
「あのひとの片手が落ちていたら、教えて。
彼を手袋のようにこの手に着せて、
わたしは厚くなるから」

いつ訪れるとも知れない風を待ち、

彼女は木の下で、祈るように枝を握っていた。
制服の袖口から伸びた腕は
次第に痩せ細り、
それでも彼女は微笑する。

　　　　　　　吹かれてみたい
　　　　　もう一度だけ吹かれてみたい
　　　吹かれて　枝からちぎれる葉のように
　　　　　　　わたしは地面に伏したい

そう口にしては、
おとこの名を目でつむぎ、
まばたき、確かめ、
さっとかすめ取るのだ。

枝を握ったその手が赤く色づき、
葉脈をくっきりとあらわにする。
秋風に焦がれて、くるぶしが熱をはらむ。
背中から風になびき、よろめくように一歩。
しなやかに身を突き抜けた。

電車に忍び込んだ落ち葉を
彼女は指先でくるりとひるがえす。
窓際でうつむくその頬に
夕映えがぬるく伝い落ちていった。
アナウンスの声が駅名を告げ、
電車揺れます、と言い添える。
わたしは窓の向こう、赤い雲を仰ぎ、

見知らぬ片手のゆくえを案じている。

卒業

きみへの気持ちは、
胸にかたく折りたたんできた。
いま風が、それを奪いに吹き荒れる。
うっかりと風にめくられて
ぼくの言葉は剥がれてしまった。
あおられた瞬間、振り向けば
ぼくは遠く　春の足音を聞く。

「愛がないから優しいんだね」

そう告げられた別れ際、
朝のきみを写真に撮った。
もうじき三月。
大人になったぼくらには
卒業するものなんて何もない。
きみを励ます言葉も
ぼくは春に奪われたようだ。
何も問わずに、
がりり、と飴玉噛みしめて。

やっと気づいたよ、
ぼくを「嘘つき」とにらんだきみの
ほんとうに欲しかったもの。

きみの立つ春の居場所を知りたい。
襟を立てればわかるだろうか、と
水色のスプリングコートに袖を通す。

いつか巡り来る春のように
ふたたび、きみのもとを訪れよう。
そのときはどうか
「変わらないね」と微笑んでほしい。
手はポケットに入れて
横断歩道の白いラインを
はみ出さずに渡ってゆく。
さよなら。
ぼくは、ぼくの足音を聞く。

迷い猫

迷うために来たのです。
わたしは再び
ここへ迷いに来た。
きみの膝のうえ、
小さな舌でミルクを飲み、
顔を洗って立ち去っていく。
誰のものにもなれなくて、
人はみんな迷い猫だ。

朝の満員電車に揺られる、
迷い猫のわたしたち。
いつか帰り着けると信じて
ほんのひととき運ばれていく。
何度逆さに落とされても
地にすばやく降り立ちます。
それを立派だと
褒める者はいなくても。
きみは一匹、
せいいっぱいに人間のふり。

従順じゃないわたしたちは
けれど互いに足を向け続ける。

運命を信じたいのかもしれないね。
「会いたい」という言葉は
嘘か、甘えか。
答えは、己の尻尾にゆだねよう。
わたしを飼いならすのは
わたし自身にほかならない。

交差点のさなかに見上げた、
ビルの狭間の澄んだ青空。
白い雲がくっきりと立つ。
世界に対する
わたしなりの忠実さを
朝の空はすべて知っている。

物語の恋人

読みたいから会いにいく。
走り出すバスのなか、
本を開いて冬をはじめる。
なつかしいのは冒頭の鮮やかさ。
彼のまるい背中が、一冊の本に綴じていく。
わたしの好きな人は皆、物語を生きる。
いつだってペンを片手に
次のページへ息吹を傾ける。
この本のどこか、

ふたりで見た雪のことも記されるのだ。
文字はしんしんと
手のなかに降り落ちていく。

（一行一行に線を引きながら、その人はかなしいことを飲み込もうとしていた。蒸発する雪たちの痛みが打ち寄せて、手袋のなかひっそりと、ゆびさきが割れた。余白を分けてください。あたたかな息を吹き込んでください。きみにもらったことばでわたし新たに語り継ぐから）

かつての恋人たちのくせが乗り移ったまま、
冬の車窓に白く残されている。
物語の終わりに付された「。」のように

消しがたく、在る。
その一行の集積で
わたしは城を築くだろう。
あまたの「。」を踏み切って
気高い冬の白線を去る。

あとがき

「恋」と聞くと、どこか困惑する自分がいます。「恋かあ」といたたまれずに苦笑いするのは、それが自分の信条や倫理を超えた「真実」のように思えてしまうから。その「真実」は、おそらく多分の「幻想」を含むに違いないから。

「恋愛感情」の定義にしても、かなり曖昧なものです。愛しく思う気持ち、相手を思い通りにしたい気持ち、遠くから眺めていたい気持ち――。こうした感情のすべてが「恋」と呼ばれていることに、時折ひどく混乱を覚えます。

恋をしているとき、時計の針はちぐはぐに回り、カレンダーは順番を乱し、昼と夜は逆転します。けれど一歩離れたあとは、悲嘆も歓びも過去のこと。何が幸福だったのか、何に傷ついていたのか、すっかり遠くなってしまう。あの嵐のような日々はなんだったのか……。そんなつかみどころのない恋という現象が、わたしはどこか苦手でした。

いろんな事情のために、恋愛を遠ざけて暮らす人も少なくないでしょう。わたし自身、恋は日常の中心ではなく、遠いパラレルワールドの出来事に思えます。けれど恋愛が苦手だからこそ、なぜ人を好きになるのか、なぜ別れはやってくるのか、その不思議を言葉で解きほぐしたい欲求にかられるのです。

本書は、一九歳の冬から五年間のあいだに綴った「恋にまつわる詩」を集めたものです。果たして、恋に「終わり」はあるのでしょうか。好きな人に告げられた言葉、教わったこと、二人で歩いた街角。それらが血のように肉体へ流れ込み、「今」を形づくります。

生きるということが「延長」である限り、「あなた」と「わたし」の関係も、絶えず星のように動いていく。その変わり続ける地図に惑いながら、わたしたちは一四一四、見えない尻尾を泳がせています。

二〇一六年九月　文月悠光

文月悠光（ふづき・ゆみ）

詩人。一九九一年北海道生まれ。中学時代から詩の投稿を始め、一六歳で現代詩手帖賞を受賞。高校三年時に出した第一詩集『適切な世界の適切ならざる私』（思潮社／ちくま文庫）で、中原中也賞、丸山豊記念現代詩賞を最年少の一八歳で受賞。早稲田大学在学中に、第二詩集『屋根よりも深々と』（思潮社）を刊行。二〇一六年、初のエッセイ集『洗礼ダイアリー』（ポプラ社）を刊行。NHK全国学校音楽コンクール課題曲の作詞、詩の朗読、書評の執筆など広く活動している。

わたしたちの猫

二〇一六年一〇月三一日　初版第一刷発行
二〇二五年　二月　五日　第六刷発行

著　者　文月悠光
ブックデザイン　名久井直子
発行人　村井光男
発行所　株式会社ナナロク社
〒一四二－〇〇六四
東京都品川区旗の台四－六－二七
電　話　〇三－五七四九－四九七六
FAX　〇三－五七四九－四九七七
URL　http://www.nanarokusha.com

印刷・製本　中央精版印刷株式会社

 ISBN978-4-904292-70-9 C0092